당신이 필요하다

당신이 필요하다

류병구 시화집

다올미디어

Prologue

프롤로그

네 번째 시집을 내놓습니다.
간을 본다고는 했지만
소태처럼 씁쓸합니다.

어울리라고
습작한 글씨와 그림,
사진을 곁들였는데
맛이 어떨지 모르겠습니다.

2021년 봄

류병구

자서시

저 꽃에게는 눈길이 밥이다

담벼락
돌 틈 붙잡고
명줄 부지하는 척박한 생존

그래도 해맑기만 한
끈끈이대나물
저 좀꽃 좀 보라지

각박한 세상에도
눈길 주는 이가 있거늘
무엇을 더 바라리

매운 삶, 더운 기쁨
축복이었나니

차례

제2부

제3부

제4부

제1부

◀ 벌교 현부자네 집

별꽃

하늘에는
어림으로 1000억 개의 별들이 떠 있는데
매초마다 79개 씩 사라진다고 한다

작은 별들이
오뉴월 풀섶에 비 오듯이 쏟아져
샛별처럼 반짝이는 까닭을 알겠다

국어학자 일석一石 이희승 선생은
생전에

체구가 여린 돌처럼 작달막한 것을 빗대어
택시 안을 서서 들어간다는
웃음기 어린 일화를 달고 살았다

잊혀져 가는 소소한 옛말들이
일석의 『국어대사전』에 지천으로 피어 있다

갈피마다 별이고
별이 꽃이다

문득 봄

어느 날 홀연히
외설악으로 입산한 목穆 시인

"속촙니다
봄바람이 났습니다
…
달이 참 밝습니다"

폴더폰을 타고 택배된 굼뜬 산소리에
비릿한 속초 바닷내가 묻어 있다

실금 간 애벌 찻잔에
꽃샘 물 굴먹하게 붓고
보내온 햇봄을 두어 닢 띄웠다

지나던 살바람이 슬그머니
꽃술 옆구리를 건드린다

공연히 겸연쩍은 낯가림,

살얼음 잡힌 봄

이미 산통이 시작되었는가

滿

텅 비었다

한때는 꽤나 많은 즙이 고이고
뜨겁게 부풀었을 주름진 열매

얄팍히 달라붙은 할머니 젖가슴처럼
숭숭 뚫린 저 실오라기 속에
속살 여윈 거무틱한 씨앗 서너 톨
쪼그린 채 불면의 수렁을 더듬고 있다

그러나 부재를 슬퍼하지 않으리
비었다는 것은 언젠간 꽉 차리라는 예감

기다린다

허물 벗은 맨가슴에 스밀
휘영청 보름달

없음으로 하여 비옥한 있음 가득한

虛

수세미

빗소리

물기 먹은
점點과
점…

잇댄
점 사이를 비집는

비장한
먹구름

선線을 밟고
흐느낀다

사무사

어느 과묵한 노인이
극락전 섬돌에 앉아
농담濃淡 고루 번진 추억을
차곡차곡 개고 있다

법당 앞
추위가 걷힌 고목
겨우내 말라붙은 각질에
미세 먼지 하나 묻지 않았다

늙은 나무가 또 새봄을 지피고
촌수가 먼 잡새들이 모여
도시徒詩* 한 수 씩 읊어댄다

바람 한 점 비껴간다

*도시 : 운율에 관계없이 자유롭게 지은 시.

세한도

탱자 가시
날 선 필획으로 얻은
육신

충만한 없음으로
한 땀 한 땀
해진 사랑 기우며
버틴 시간

인걸은 떠났는데
완당은 없는데

의혈義血 핏줄 불뚝한
늙은 가지
저리 고고한
겨울 송백

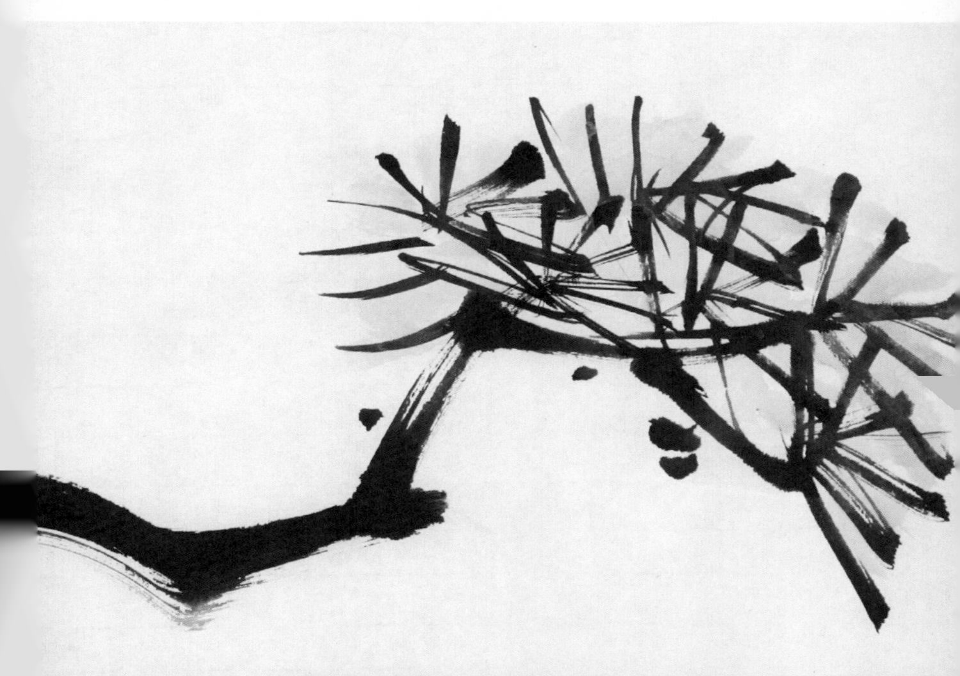

만파식적萬波息笛

시월 햇살이 따갑다
걷은 팔뚝에 소금 땀이 주르룩 흐른다

걷잡을 수 없는 혼돈의 길목에 서서
문득
거센 물결이 함성을 찢어도 미동치 않는
저 청아한 피리 소리를 듣는다

그래, 저 소리다

골 깊은 심연
차가운 가슴과 가슴을 서로 마주 대면
더운 심장에서 뿜어내는 가쁜 박동 소리

서기瑞氣 어린 구름이 하늘에 떠돌고
단술이 용솟는 뜨거운 갈망으로 울고 울겠지

칠흑 속에서도 스스로 말미암는
사랑,
'自由'가 어지러이 서식하는 영토
어둠을 지키는 달빛을 그리워하듯

피리여
그대를 저토록 자유케 하여
힘겨운 이 땅에 고루 퍼지도록 허락하리
아니, 땅 속 깊숙까지 스며들게 들어주리

격동하는 벌판의 대안에서
가질 수도 버릴 수도 없는 부끄러운 아픔을
싫으나 좋으나 서럽게 공유하는 당신

어쩌겠는가

어린 손자 배 문질러 주던 할머니의
약손처럼
그대의 소리로 가라앉혀 주시게
그대의 소리로

피리여

대피리여

말귀

돈보기 없이도
6호 바늘귀에 실을 꿰다니
침도 안 묻히고…

알 듯 모를 듯한 아내의 탄사에
벽을 대고 코를 쓱 부볐다

실은
어쩌다 요행이었을 뿐이지

말귀도,
글귀도 제대로 못 꿰는지는
아주 한참 되었는데

아내가 그걸 모른다

맹모삼천의 예감

명륜당 동재東齋*

가슴이 깊게 휜 침향색 대들보
정갈한 우물마루에
육백 년 묵은 시간이 꼿꼿하게
앉아 있다

흙 묻은 도포 자락이 하느작거리는
유치원 동자 유생들

둘레가 가늠이 안되는
은행나무 언저리에
고운 은행잎을 연신 주워쌓고 있다

반햇살 스미는 나무 그늘
대성전 분향 내음 찍어 바른 바람이
도령들의 연꽃 필갑을 툭 툭 건드린다

이날따라
고목에서 숨은눈[潛芽]이 죽순처럼 돋았다

*명륜당 동재東齋 : 조선시대 성균관 유생들의 기숙사. 동재와 서재가 있다.

꽃비와 목어

안개비가 잠깐 쉬었다 간
꽃바위절[花巖寺]

곱상한 용머리 목어가
습濕진 목청을 돋운다

공복에서 훑어 올린 뱃심의 소리
태고적 울림
불명산 바람이 박자를 젓는다

따닥
딱
딱

우화루雨花樓
세로 결무늬에 켜켜이 밴
고적한 가락
떡갈나무 숲길에 나지막이 깔린다

화장기 없는 산사가

가을 꽃비 서너 줄금에 확 붉어졌다

초여름

엊그제

보리 수염에 찔린 소만 살바람이
명줄을 놓자
사나흘 상관에 마당 볕이 한결 넉넉해졌다

앞뜰 습한 틈바구니에
앳된 석창포 두어 무더기가
푸른 생피로 충혈되어 있다

분합문을 열었다
부끄러이 풍겨오는
여인들의 아주까리 머릿내

남정네들
떡진 머리칼도 느닷없이 윤기 돋는
단오절

두근거리는 한낮

花王
庚子五月 澹隱

오죽헌

작심하고 찾아갔다

율곡 선생이 『격몽요결』을 들고
기다리고 계셨다

오른손 검지 끝이 반질반질하다
경포에 뜬 달도 찾아와
만지고 간 손

'견득사의'*라 하셨나

매어두고 싶은 뜨거운 갈망
책장 넘기는 소리
바람, 대숲 비벼대는 소리

생각을 트면 틀수록
갑절로 묻어나는 문향

아, 오죽헌

곧되

행여 휘저을 수 없는

저 온화함이여

* 견득사의 : "얻음이 있을 때는 옳고 그름을 먼저 생각하라" 『격몽요결』.

수국은 부끄러웠다

섬새가 울었다

억센 바닷바람도 잠시 올라
물기를 말리고 가는 소매물도
폐분교 언저리

향기랄 것도 없는 풋내음이 고스란한
풀섶에서

수태를 해 본 적 없는 수국이
처녀의 꿈*을 낳고 있었다
숨을 죽여야 알아들을 내밀한 산통

연두던가
아니, 빨갛더랬나
참을 수없이 부끄러운 저 순정한 빛깔
촉촉이 서린 눈물

새가 또 운다
하늘을 올려다보았다

반백의 낮달이
망태봉 머리 위에 한가로이 떠 있다

---

*처녀의 꿈 : 수국의 꽃말.

춘분

풍신風神을 믿은 게 패착이었다

오죽 데데했으면
지금이 어느 땐데 몽니를 부리는가

낙오된 패잔 추위가
눈꺼풀 열리다 만 여린 꽃봉오리
매섭게 해코지하는 고약한 심술

꽃샘이 기 셀수록
두엄 내음 더욱 짙어가는
애벌갈이 들밭은
볕을 켜고 산성비 앙금 걸러
햇 봄을 버무린다

살점 떨어져 나간 동짓달 찬바람이
소맷부리로 기어든다
소스라친 가슴팍이 펑 뚫린다

제2부

◀ 담양 메타세콰이어 길

당신이 필요하다

텅 빈 삼월에 마른 버짐이 피었다
들리는 건 난데없는 천둥소리
코로나19 번지는 소리가 하늘을 뒤덮는다

편작의 의술로도 감내 못하는
절명의 통성
오대양 육대주를 삽시간에 할켜버린
가공할 역귀疫鬼

고금 천하에 이런 우환이 있었는가
이런 적이 있었는가
그대여 당신은 알았는가

맘 같아선 이 달을 세 놓고
어디론가 떠나고 싶다
사순절이 지나가는 삼월 뒷자락에
매달리고도 싶은 하루 또 하루

아
그런데
스스로 도왔는가
시련을 이겨낸 노고의 상찬인가
가호의 메시지일까

새 봄을 짓던 아랫녘 백목련에
이슬이 비쳤다는 기별 문자가 떴다

그래
사월이여
어서 오라

그대여 어서 오시게

메마른 야산에 들불 타들 듯
잰걸음으로 달려와 주시게

활짝 터진
당신의 그늘이 필요하니까
품 너른 바다
당신의 사랑이 절실하니까

실바람이 분다
어디쯤에서
'사월의 노래'가 섞여 인다
산과 들을 질러 고르게 스민다

처음 듣는 노래처럼
처음 솟는 샘물처럼

白木蓮
庚子三月

▲ 몽생미셸 수도원

담배꽃

오월의 담배밭에선
이파리가 상전이다
채 영글다 만 담배꽃 봉오리들

모가지 끊기우는 천형
쪽가위에 잘려 꽃다운 삶을
어지럽게 버린다

수의도 없이
헛되이 수습되는 요절
새벽 이슬 내릴 때 쯤
모호한 발인이 서둘러 치러진다

소쿠리 행렬은 떠나고
해 가는 길 어디에
아무데나 버려질 너

연초향 진하게 살라
묵언 연도는 내 해주마

여자만

이름이야 뭐 그리 대순가
'여자만'

사랑한다는 말 보다
보고싶다는 말에 목이 메어
갯살이 여인들 품에 와락 안긴다는
참꼬막들

노을이 가득 내려 앉은 개펄
물때 기미를 챈 뭇게들이
낼름 몸을 감출 쯤이면

일을 마친 뻘배질 아낙들
간 밴 얼굴 짠바람으로 헹군다

그믐 노을길이
남도 비릿한 갯내음을
어둠속으로 끌어 덮는다

너도부추꽃

맘속 깊이
시샘으로 번득이는
눈매

목
길게 늘여 뽑은
거북한 동거
어쩔거나

첫 눈같은
가련한 전모

너도 부추라 하리

장사도長蛇島

한려수도
긴 뱀섬

수국, 털머위, 까실쑥부쟁이가
신방 훔쳐보듯
어둑한 풀섶을 기웃대며 키득거린다

내걸린 청사초롱에
늦은 저녁이 매달리고
과년한 동백꽃
홍조 띤 저 다소곳한 신부

밤 숲이 서둘러
구멍 낸 문을 가린다

지금은
짓궂은 한산 바닷바람이
촛불을 꺼줄 시간

밤이 깊어간다

심란한 파도, 흐트러진 가락은
언제쯤 자지러들려는지…

하심下心*

내 글씨라면 믿어줄까?

그것도
열 살에 쓴 것이라면 뭐라고들 할까?

한석봉의 그맘때에 비하면 맞수가 안되겠지?

맞수는커녕
언감생심 부끄러움을 달고도
저리 경망스런 것 좀 보게

떠다니는 옛말에
'사내 못난 것은 동네방네
제 자랑질이나 하고 다닌다'했다

허, 그것 참

一 溪分洙泗派

二 峯秀武夷山

三 活計經千卷

四 生涯屋數間

五 襟懷開霽月

六 談笑止狂瀾

七 小子求聞道

八 非偷半日閑

*하심 : 불교에서 자신을 낮추고 남을 높이는 마음.

선운사

정말 모를 일이네

주름 파인 거친 손이
무심코 스쳤는데

선운사 동백 숲
질겁한 묵은 동백 겨드랑이에
얼굴 붉힌 이른 햇꽃들
노란 셋바늘 송골송골 돋았네

내동 잔잔하던 도솔천도
파르르 붉어지네

참 모를 일
내가 되레 민망하네

석류

치과 진료실
느지막한 오후
창문으로 들어오는 햇살 자락에
치자물이 엷게 들었다

"입 크게 벌리시고…
좀 뻐근합니다"

긴 분침이
열 두어 바퀴는 족히 돌았지, 아마

거울을 대고 어둔 숲을 살펴본다
생살이 째져 선혈이 흥건한 석류 알갱이들

차마 얼른 눈을 감고
시큼한 통증을 침 묻혀 삼킨다

두어 알 솎아 낸 함몰

가만히 혀를 갖다 대자
비릿한 슬픔이 풀어헤친 잇몸을 비집고
왈칵 솟는다

시스루* 엘리베이터

뼛속까지 비치는 물고기가 있다더니
살이 다 보이는 승강기
이러다간 탑승객 치맛속 까지 봬줄라

뒷걸음질을 못해 토잉카 신세를 지는 비행기처럼
쇠밧줄에 매달려 위아래로 자멱질만 한다

장노출에 인이 박인 엘리베이터
감추고 여미던 수줍음은 간 데 없고
이목도 아랑곳하지 않는 나신
절정의 몸짓

자연으로 돌아가라는 선각의 뜻을 받들어
더 벗어젖힐 기세지만

'극에 달하면 되돌아온다'고 했나

죄다 벗었던 늦깎이 대추나무도
어린 순의 목이 길어지고 있다

---

*시스루see-through : 속이 다 비치는 옷.

우포

먹물 엷게 번진 먼 산
선잠으로 뒤척일 때

잠기 없는 늙은 어부가
늪에 묻은 물안개를 걷어내고 있네

하늘이 가려 막막한 수초 물고기들
바깥세상 보라고 물꼬 터주고 있네

장대로 물을 툭 툭 짚을 때마다
실물결 파문 이는 소리에
새벽 고요가 갈라지네

소벌늪* 수면에 머리 박는 물새들
물 터는 소리

뾰족한 주둥이로 가을을 물어나르네

*소벌 : 우포의 옛 이름.

결심

마트에 갈 때마다 농산물 가격표가 나의 미욱한 정서를 자꾸 건드린다. 그 많은 물건값들을 무슨 수로 다 매겼나. 지난 여름, 산지 가격 폭락으로 불도저가 갈아엎은 농민들의 한숨은 어떻게 처 줬을까.

서점에는 팔려고 내놓은 글들이 산처럼 쌓여 있다. 수년 전에 갖다 놓은 내 글집도 원매자 없는 뜸한 구석에 박혀 있다. 제값은커녕 떨이 행사에도 데려가지 않는 손때 절은 고뇌는 어떻게 매겨야 하나. 애잔한 분신… '출가외인'의 법도를 받들어 차마 데려오지 못하고, 물끄러미 바라보다 낯 붉히며 돌아섰다.

헤어짐은 잠시 이별이라 했지. 올겨울 유난히 짧았던 추위가 가시고 봄기운이 밟히면, '몰골沒骨* 수묵화 같다'느니, '무릎을 칠' 나직한 가락이라는 자별한 문인들의 과찬을 아둔히 믿고, 물감통을 다시 둘러메고 산과 들로 나가리. 원액 물감 확 들이붓고 호방한 붓질 한 번 더 해 보리.

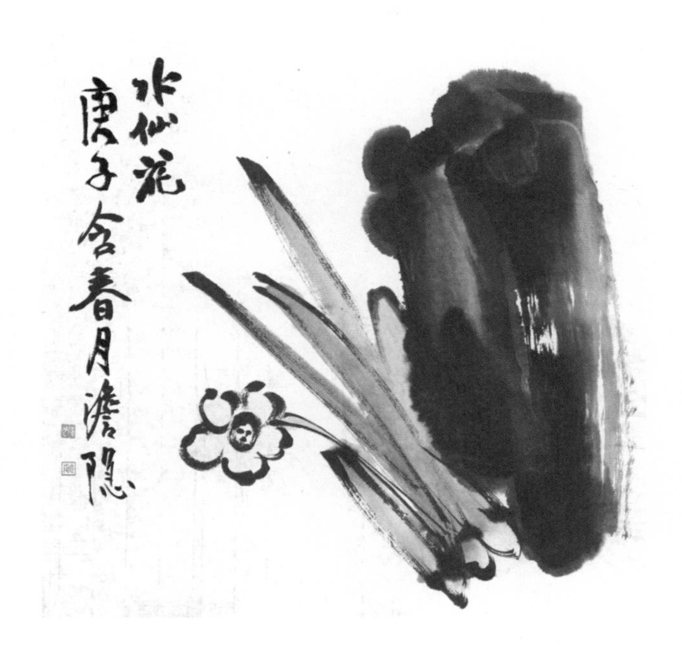

*몰골 : 동양화에서 수묵 또는 색채의 농담만으로 그리는 전통기법.

행간

별의별 것들이
이곳에 다 집결해 있다

증기 기관차 시절
천안역 간이매점에서
고춧가루 실실 뿌려
후루룩 넘기던 우동 국물 맛

바람, 꿈쩍도 않는데
꽃이 피고 발소리 기운찬 플랫폼

쉬어빠진 기적 소리하며...

허공에 공목空木*을 박아
어름**을 가둬놓은 촘촘한 공간

어슴푸레한 의식 속에서
아쉬운 여운이 만만찮은
시간과 시간 사이
긴 여로

---

* 공목 : 활판인쇄에 소용되는 나무나 납 조각.
** 어름 : 두 사물의 끝이 하나로 맞닿는 자리.

쪽빛 파도 소리에 운다

말간 바닷소리가 확 풍긴다

무량한 그리움이 누적된
모나코 쪽빛 해변

작열하는 태양
바람이 몰고 온 뜨거운 시간이
밀려갔다 밀려오는 너울이 되고
포말이 되어

이방인의 향수를 적신다

메다꽂는 쪽빛 소리에 취해
오래 고인 눈물의 앙금을
말끔히 씻어내는
아득한 하늘

늙어도 늙지 않는
망망한 바다

모기 속눈썹에 이슬이 맺히다니
— 가을이로구나

도도하던 여름이 한순간 휘청거렸다

한 이틀,

모기의 속눈썹에 붙은 찬 이슬을 봤다는
소문이 좍 돌았다
삐뚤어진 입술의 통증도 견디기 어려웠을까

며칠 더 발끈하던 더위는
결국
양재천 돌다리 끼고 도는 가을바람에게
흰 깃발을 치켜들고 말았다

서러운 앙금이 얼마나 고였길래
고목을 부둥키고 시때도 없이 지르는
저 매미들의 곡성
처서가 낼모레니 조금 움츠러들려나

따끔거리는 말복 볕에
가지런히 결을 갖추는 햇나락이
달 덜 찬 몸을 가누며
처서와 백로 복판으로 들어서는 중이다

홍대거리

제법 이슥한 불금의 거리
산란하는 빛다발이 길섶 따라 휘황하다

선글라스 낀 여인들이
순빛을 발라내며
가을밤을 휘젓는다

나도 편광필터를 붙여 끼고
그네들 흉내를 내어본다

이때 왜 느닷없이
어느 광고 카피가 생각나지?
가을은 패션Fashion이다

그래,
잡빛의 패션Passion이다

계절변경선이 애매한 자락

까마득한 하늘이 방치된 어울마당
출렁이는 늦밤

제3부

◀ 성균관 은행나무길

참을 수 없는 기다림, 가을

전혀 예상치 못했다

모처럼 말간 추석 하늘이
돌연
양재천 여울목에 투신했다는 소문…

입소문은 금세 꼬리를 물었다

흰 구름의 격렬한 빗금 붓질도
예사롭지 않았다

볏내음 진한 추분 전후,
하늘도 변신하면 저런 모습이구나

가을 색깔을 실감해 보려는
의도적인 시도였을까
놀란 개천, 경기驚氣하듯 파문이 일었다

뒤집힌 쪽빛 하늘 일으켜 세우는 동안
물속에 머리 박은 능수버들에
조용히 가을물이 들기 시작했다

메꽃

누가 보았을까

비온 끝
무던히 높은 저 달 흔들어
밤새 토해낸 보랏빛 아니 연분홍 수줍음을

한때는
혼돈의 오해, 아린 아픔도 있었지

슬픔도 묵으면 꽃을 맺는가

소슬바람 맨몸으로 받아
허공에 뿌리는 까마귀 울음처럼
사방으로 뒤엉킨 덩굴

꽃술 건드리는 바람 소리에
나팔꽃 같은 털미가 부르르 떤다

잎새에 붙은 자잘한 이슬방울에
조숙한 입추가 웅크리고 있다

반공일半空日

해가 중천을 따분하게 넘어선다

객쩍게 책상 빼랍을 뒤적인다
튕겨 나온 볼펜 용수철
초호다방 라이터
도금이 벗겨진 군번 줄 나부랭이
고향집 다 가도록 녹지 않을
눈깔사탕 몇 개,
그리고
꼬깃거린 전단지 맨발의 청춘*

무작정 나섰다

전갈 오길
눈 빠지게 기다리다 만
절반의 토요일이
극장 매표소 언저리에서
거의 탕진되고 있다

비라도 한 줄금 쏟아질 듯
낙산 하늘이 잿빛이다

*맨발의 청춘 : 신성일과 엄앵란이 주연한 김기덕 감독의 영화.
1964년, 광화문 아카데미극장에서 첫 개봉되었다.

낙엽

한이틀
세찬 비가 내렸다

젖은 바람이 지나가다
군불 지핀 아궁이에
곱은 손을 녹이던 날

누군가가
산과 들에 넋을 맡기는
앙상한 가을을 보았다고 했다

소래습지

하늘이 떨군 한 자락
웃돈을 얹어도 듣기 힘든
콘드라베이스의 장중한 선율

담백한 여백에 나열된
점點점,점…
선線선,선…

심도 깊은 포구의 가을도
매무새를 가다듬는다

2박3일의 유택

마지막 문이 닫혔다

유폐된 슬픔과 불편한 웃음이 섞인
지상의 간이 유택

빈소,
검은 리본을 단 국화꽃들이
상주와 나란히 서서 조문을 받는다

하루
이틀, 사흘
날이 겹칠수록 엷어지는 슬픔
흩어지는 회한

사흗날 이른 아침

저기 바깥
발인을 고하는 축문 소리가
멀어질 쯤

연이틀을 꼬박 팬 밤이
충혈된 눈을 부빈다

죽음이 떠난 텅 빈 방
기력이 쇠한 조화들을 어디론가 데려가고

소임 다한 빈소에
적막 한 무더기가 와르르 쏟아진다

경주 삼릉의 밤

서라벌 남산 기슭
어둠이 내려앉은 세 왕릉

가까이서 바라보는 능침에
장엄한 고요가 자욱했다

솔내음마저 푸르른 울창한 숲은
옳게 세어 본 적 없는 천수백 년 내내
솔향낭을 차고 있었으리라

어디쯤에서 뻐꾸기가 울었다

꿇어 엎드린 바람이
후우 촛불을 불어 끈다

그제사
한여름 아늑한 밤이
신도神道*를 비껴
칠흑 숲길을 숨죽여 걸어간다

---

*신도 : 왕릉에서 혼령이 다니는 길.

왠지 모를

점심나절 빛이 거칠다
탈이 난 운염도
소금기 빠진 갯벌이 자꾸 헛구역질을 한다
쩍쩍 갈라진 된바닥
보다 못한 갯바람이 일당잡이 오브제*들을
데려와 우르르 풀어놓는다
모델로 불려온 신발짝, 막걸리병 나부랭이들이
진사眞師들 앞에서 잡춤을 춘다
제풀에 신명이 났다
삯은 제대로 매겼을까
졸아붙은 골에 간간이 생빛이 돈다
칠흑 속이 가늘게 흔들린다
멀리
공항 쪽으로 뻗은 긴 비행운이
느릿느릿 식고 있다

*오브제Objet : 원래의 기능에서 분리, 독립된 개체로 끌어들여 새로운 느낌을 일으키는 상징적 물체.

▲ 피안으로 가는 길

마감 원고

Cut!

컷 사인이 떨어진
시간의 벼랑에서
허허벌판 대지에서

떼었다 붙였다가
넣었다 버렸다가
일껏 썼다 지웠다가

피 말리는 신음 토하며
머리를 쥐어박으며
끝도 한도 없는 싸움

여봐,

구시월
그 좋다는 날 죄 버리고
지금 뭐 하는 거여

아무 말도

앙상한 가지에
매달린
녹슨
두어 잎새

아무 말도 하지 않은
말

코끝 찡한
전율

뒷가을

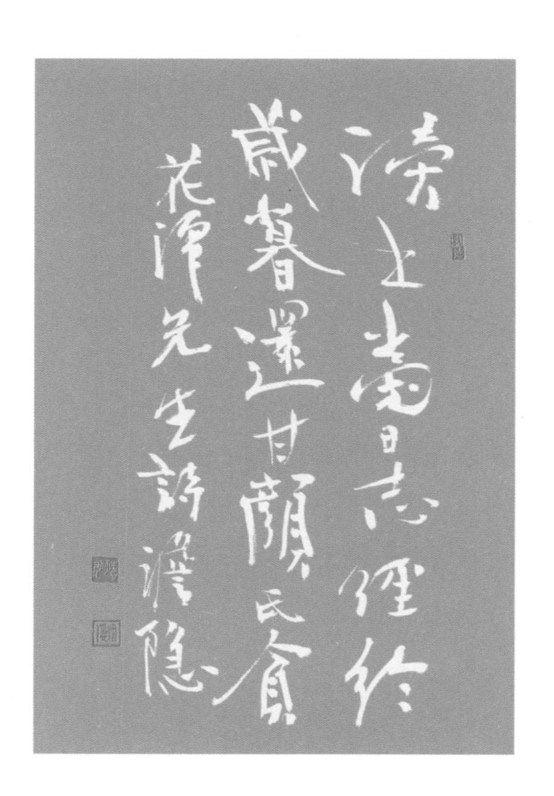

쓸모

흔히 하는 말로, 세상에 있어도 그만 없어도 그만인 것은 공화국의 부통령과 사람의 맹장이란다. 2월을 미숙한 달이라기도 한다. 만물은 모두 명분을 갖고 생겨나거늘 상황에 부합하면 시是 맞지 않으면 비非라 단정하고, 이로우면 쓸모, 해로우면 쓸모가 없다고 괄시한다.

반찬 없는 밥은 맛이 없다는 데 맨밥이 더 꿀맛이고, 맹물이 감로수인 걸 어쩌랴. 겨울을 밟아야만 봄이 오는 건 또 어찌하랴. 모두가 갈구하는 시문詩文도 결국 대상을 끌어와 독하게 고문하고, 생각을 뒤집고 비틀어 견고한 긍정으로 반전시키려는 사색의 고뇌일 터.

느닷없이 왜 서화담의 〈독서유감〉이 생각나지?

장자도 갈파했다. '쓸모 없는 쓸모'를 알아야 대통할 수 있다고…

주말농장

고향 친구 서넛이
서울 근교에 채마전을 빌려
소꿉 농사 부치는 지도 여러 해가 되었다

같이 하자고 날 부추기지만
영농엔 도무지 취미가 없어
매번 사양하곤 하였다

올해에는 배추 농사가 아주 잘되어
이웃에 나눠주고도 남아
가을밭 거두느라 애를 먹었다면서도

그 흔한 배추 꼬리 하나 잘라가란 말
한 번 없는 게 어찌나 서운하던지
골방에 틀어박혀
족제비 붓에 먹물 듬뿍 묻혀 골난 투정 부렸더니
소 뒷발길질에 애꿎은 가을이 하나 생겨났다

그러한들 아무렴 생배추에 갖은 양념 버무린
김장 김치에 비하랴
잘 삶은 수육에다 갓 절인 배춧잎 죽죽 찢어
쇠주 한 잔 걸치자는 전갈 오기만 내심 고대하며
가는 가을을 막고 있는 중이다

매발톱꽃

꽃 이름 치고는
어지간히 괴이쩍은 작명일세

도깨비 뿔을 해 가지고
표독스레 쥐어뜯는 저 시늉
시앗 본 안방마님의 속앓이

그게
텃새도 아니고 매의 발톱이라니

그나저나
옮기기 참 민망한 말이구먼

꽃이여
혹여 그 이름
알파고에게 외상으로 지었는감?

가을이 질러 놓은

낙선재 저 너머에서
이슬 타는 냄새가 모락거린다

날 선 햇살 내리꽂는
창덕궁 후원

세상에…

가을은 무슨 억하심정으로
고요로운 궐숲에 부싯돌을 그었는가

불단풍 확 번진 매봉 산줄기

갖은 색실 꿰어 수놓은
부용정, 존덕정, 농수정의 혼절한 황홀을
무슨 수로 일으켜 세울지…

애련정은 어찌하고

수백 년 묵은 시간도 속절없이 타들어간다
퇴로가 차단된 숨 막히는 절정

호젓한 오솔길도 호흡이 격렬하다

옥류천 맑은 물마저 소리 내어 휘돌고
궐새들의 지저귐도 저토록 따가운데

고약한 가을은
훅 치미는 열불만 지르고
어슬렁 어슬렁
와룡골 높은 궁장을 저 혼자 넘어가는가

저만 홀로 넘어가는가

한탄강

입 봉한 선학들
삼각편대를 짜고
돌연 허공을 가르며 비상한다

한탄강
철새 도래지
해마다 이맘때면 군무가 장관이던 눈판이었다

초망원 렌즈 들이대고
강설을 기다리는 탐조대 지붕 모서리에
창백한 비행운이 걸려 있다

겨울도 모르는 사이
눈 없는 겨울이 쉶게 떠나고 있다

내일을 위한 에스키스*

그냥 '내'하고
말머리만 스쳤는데도 두근거립니다

오늘 세상을 버리는 이도 설레게 하는
번득임
한 가닥 희망의 징조

당신을 향한 애모가 막무가낼지라도
흔티흔한 이 말을 굳이 쓰겠습니다

사랑합니다

무슨 말이 달리 있겠습니까
무슨 수로 그 뜨거움을 거부하겠습니까
그대 전혀 내색치 않아도

속 감추며 맞이하겠습니다

아니, 빠른 걸음으로 달려가겠습니다

그렇게 타고난 파도처럼 출렁이는 그리움
차오르는 눈물을 투척해 그린
에스키스

내일

* 에스키스Esquisse : 초벌 그림.

선자령
남운

겨울 수묵화

한겨울 맞은
솟대

비상을 포기한 새들이
부리를 깃털 속에 묻고
긴 잠에 들었다

붓 한 자루가
찬바람을 데워
허공을 메우고 있다

제4부

◀ 대관령의 겨울

카디널 니콜라오

— 정진석 추기경님 영명 축일에

거대한 산이 땅속에 스민 듯
겸손하고 온화한
카디널 니콜라오

쉰 아홉 번째 책을 내고도
두근거린다는
노 사제

태산 같은 위엄과 능력을
속에 감추고 한껏 낮추는
겸허한 간구에
하느님은 이미 응답하셨다

꽤 많이 흐른
청주교구장 시절
'우리 신부 100명만 보내주세요' 하니
그렇게 되었다

『주역』에도 겸謙하면 형통하다 했다

늦자화상

입동을 꽤 지나서야
수선화 서너 알뿌리 맘속에 틔웠습니다

눈비 바람으로 제 살 으깨고 썩히더니
그래도 어지간한 두어 송이 피워내더이다

저 꽃이 나름 기품이 서리는 건
받쳐주는 성한 잎들이 있기 때문
송이송이 가슴 저린 곤때가 묻었기 때문이리

주름진 눈시울이
저녁노을로 붉어지던 날

가느다란 바람이 와서
삭은 풍경을 슬쩍 치고 가더이다

뎅그렁

慕先

동행

홀로 걷는
새벽 눈길

문득 뒤돌아보니
하얀 발자국이
바투 따라오고 있었네

모진 추위가 되레 따스한
지락 길
옥눈[玉雪] 부서지는
유창한 가락

홀로이면서
홀로가 아니었네

저 달을

이래도 되는 건가

상큼한 저 달
가슴 한 번 만져보고 싶은
한가위 보름달
청량한 바람이 인다

가을이여
쉬엄쉬엄 가세나
괴질 코로나에 갇힌 심란한 마음

산국주山菊酒 두어 모금
희부연 달빛 더듬는 동안만이라도
기다렸다 가세
우리 그렇게 하세

황차를 마시며

개흙물 비집고
활짝 핀 백련

분粉 돋은 꽃잎에 매달린
이슬방울,
영롱한 저 속에

까마득히 잊었던
시골 건넛집

보름달 같은
누나
박달공주*

*박달공주 : '밝은 달 같은 공주'를 뜻하는 자작 신조어.

입동

까치밥

귀한 손님이 오시려나

춥던 날 아침
까치가 날아와 요란스레 짖어댄다

까악,
깍깍

내다보니
아무도 없고

감나무 가지 끝에
단꿀밥 한 덩이가
빨갛게 매달려 있다

세밑歲暮

왼종일 드리웠던
낚싯대

떨이 미끼
덥석 문
노을 한 점

씨알 굵은 황홀이었다

Fin de l'année

Lew, Byung-Koo
Trad. par Auteur

Une canne posée
toute la journée

Près de la fin,
Un morceau de coucher de soleil
a cassé le dernier appât

C'était une énorme extase.

무심천 이 가슴에
(1)
※ Sop, Ten, in F로
※ M-Sop, Bar, 일반인 in Eb↓
류병구 작시
최영섭 작곡
<2017>
Andantino (in 4 - 느린 4박자로)(흐르는물결처럼)
Pf.
mp
mf
f
I. 우 - - 암 산
II. 무 - - 심 천
Choi, Young - Sharp

Epilogue

에필로그

무심천 이 가슴에

우암산 붉은 해가 곤한 밤 깨우고
무심천 맑은 물에 마른 입술 적시네

저 언덕 둑방길 벚꽃 숲길에
봄이 익는 설렘 곱게곱게 피어나네

아~ 무심천 그리운 이름이여
마음속 깊이 사무치네

무심천 맑은 물에 저녁놀 걷히고
서문교 밤길등에 밝은 달불 켜지네

저 언덕 둑방길 연인의 길에
감미로운 사랑의 꿈 고이고이 영그네

아~ 무심천 그리운 이름이여
마음속 깊이 사무치네

* 〈그리운 금강산〉의 최영섭 작곡가가 2017년 곡을 붙였다.

발문

시와 철학의 간격을 걷어내고
서정시의 세계를 구축하다

시와 철학의 간격을 걷어내고 서정시의 세계를 구축하다

- 담은 류병구의 인간과 시 -

홍기삼 (문학평론가, 전 동국대 총장)

각종 동창회라는 것이 우리를 이끌리게 하는 이유가 몇 가지 있다. 아스라이 희미해진 기억들이지만 어린 시절과 젊은 시절을 함께 했던 친구들의 그리운 얼굴을 만나는 것이야 말할 것도 없고 친구들의 소식, 살아온 이야기와 변화한 모습을 듣고 보는 것도 제백사하고 동창회에 참석하게 하는 이유라 할 만하다. 그러나 또 한 가지 중요한 매력이 있다. 그것은 친구들의 어린 시절에 관한 기억이다.

친구들에 대한 기억은 내 머릿속에 천연색 동영상으로 남아 있다. 크고 작은 일들이 온전히 저장되어 있는 것이다. 신기한 것은 나는 친구의 그런 모습들이 내 머릿속에 선연히 기록되어 있는데 정작 그 친구는 그것을 기억하지 못하고 있다는 사실이다. 반대도 마찬가지다. 친구는 내 얘기를 잘 기억해서 내게 학생 시절의 흥미진진한 사건들을 들려주는데 나는 정작 그것을 까맣게 잊고 살아왔던 것이다. 나는 기억하는데 친구는 자신의 이야기를 기억하지 못하고 친구는 잘 기억하는데 나는 기억하지 못하는 내 이야기를 나눌 수 있다는 사실이야말로 동창회가 가진 최대의 미덕일 것이다. 그 영상은 인화도 되지 않고 스트리밍도 복제도 되지 않는다. 오직 동창들 각자의 머릿속에만 온전히 기록 보존되어있다. 이 세상에 단 하나뿐인 영상이고 유일본이다. 친구들이 먼저 세상을 떠날 때마다 그 유일한 영상이 우리들의 삶 속에서 영원히 소멸하여, 다시는 그 아름다운 추억의 기록들을 보존할 수 없다는 사실이 우리를 한층 서글프게 하는 것이다.

시인 담은澹隱 류병구柳炳九 형은 나와 고등학교 시절을 함께 보낸 죽마고우다. 담은과는 하루라도 못 만나면 가슴앓이를 하는 단짝은 아니었다. 그는 항상 몸가짐이 반듯하고 공부를 잘하고 말이 부드럽고 반가의 후예답게 점잖고, 의젓한 선비의 풍모가 보였고, 누구에게나 차별 없이 친절해서 신언서판이 나무랄 데가 없는 청년의 모습이 이미 갖춰져 있었다. 그와 항상 가까이 지내고 싶었지만 나는 문학이라는 중병에 걸려 편벽된 생활을 했고 균형과 조화를 잃지 않던 담은은 어디 기우는 법이 없이 학교생활을 모범적으로 성취하는 사람이어서 좀체 그 간극을 메꾸기가 어려웠다. 그런 모습들은 팔십이 넘은 지금까지도 내 머릿속에 고스란히 남겨져 있다.

왁자지껄한 운동장 한복판을 지나가도 그의 모습은 마치 산중 오솔길을 천천히 홀로 걸어가는 선비의 모습 같은 것이 지금도 남아있다. 내 기억의 창고에 저장되어 있는 담은의 동영상은

이처럼 동적이기보다는 정적이고 과격한 결기보다는 안정된 모습으로 더 많이 보존되어 있다.

고등학교 시절 나보다도 더 문학이라는 중병에 걸려 있던 친구가 김문수와 조장희다. 청주고 2학년 때 김문수는 소설, 조장희는 아동문학, 나는 시를 쓰기로 하고, 필명을 문수는 소민, 장희는 석민, 나는 목민으로 정한 뒤 삼민집三民集을 출간하기로 결정한 적도 있는데 지금까지 이어져오는 충북 최초의 고등학생 문학서클인 〈푸른문〉의 선배들이(윤혁민, 신경식 등) 구박을 하는 바람에 무산된 적도 있다. 그러나 세월이 지나면서 김문수는 소설가로, 조장희는 아동문학가로 대성함으로써 그들이 어린 시절부터 꿈꾸던 목표를 이루었으나 그중에서 오직 나만 시인이 되겠다던 당초의 꿈을 이루지 못한 채 늙어버리고 말았다.

내가 은퇴해서 시골에 은거하고 있는 용인의 와운당臥雲堂으로 몇 해 전 담은에게서 연락이 왔다. 뜻밖에도 시집을 출간하겠다는 것이다. 일단 매우 반가웠지만 과연 그의 작품이 어떤 경향인지, 젊어서 시에 전념하지 않은 그의 작품이 어떠한지 궁금했다. 그의 성격상 부실한 수준의 것을 세상에 내놓을 일은 없으리라 짐작은 했으나, 시란 타고난 천부의 재능과 집중과 노력 없이 되는 일이 아니었으므로 반신반의하며 원고를 받아 읽었다.

그의 시편들은 놀랍게도 매우 높은 서정시의 아름다운 성취를 보여주고 있었다. 서정시의 광채와 성취는 대체로 젊은 시절,

그것도 20대 전후의 약관에 이루어지는 경우가 대부분이다. 소월, 미당, 랭보 등등이 그렇다. 담은이 80이 가까운 나이에 그런 서정시의 성과를 거둔 것은 경이로운 일이 아닐 수 없었다. 그는 우리 동기들 중에서 내가 이루지 못한 시의 영역을 당당히 차지해서 나대신 담은이 삼민三民을 완성했다는 사실에 감개가 깊을 수밖에 없었다.

나는 한편으로 담은이 자비출간 형식으로 시집을 내어 주변의 벗들이나 가족이 나누어 보려는 발간 계획을 즉시 반대하고 정식으로 한국 문학계에서 공인을 받아 시인으로 입신할 것을 제의했다. 그의 작품은 그렇게 하기에 조금도 손색이 없었기 때문이다. 담은은 「월간문학」의 문학상을 수상하고, 한국문인협회의 회원이 되었다. 그는 항상 겸손하고 절제가 강한 사람이지만 그의 시집은 이제 아마추어의 여기餘技가 아니라 한국문학계가 공인하는 당당한 시의 성과가 되었다.

담은의 시적 성취에 대해 놀라게 되는 이유가 여러 가지 있지만 그가 평생 전문가로서 공부하고 연구한 분야는 동서양의 철학과 윤리학 분야여서 시적 감수성이나 상상력의 세계와는 그다지 친화적 영역이 아닐 뿐만 아니라 어떤 점에서는 대척적 관계라고도 볼 수 있기 때문이다. 합리적 이성과 논리적 정합성을 기조로 하는 철학의 세계는 시적 감수성이나 상상력을 고체처럼 각질화하는 경향이 있어서 철학적 사유가 시의 심미적 창의력을 신장시키기란 거의 불가능한 영역에 속한다. 그런데 담은은 철학과 윤리로 공고해진 관념의 세계를 뚫고 나와, 아름다운 서정시의 신천지를 보여준 것이다. 사르트르 역시 주로 앙가주망과 관련된 것이긴 하지만 철학적 글쓰기와 소설, 희곡, 시나리오 같은 산문으로 자신이 추구하는 사상, 사회와 역사에 대한 논리를 드러내는 것은 가능하지만 시로서는 도저히 불가능하다는 사실을 누차 주장한 바가 있다. 그 역시 시와 철학의 간격을 솔직하게 지적한 것이다.

그러나 담은은 실로 지난한 일로만 보였던 그 간격을 걷어내고 서정시의 세계를 구축한, 매우 드문 성과를 거둔 것이다. 담은은 청년시절부터 노년에 이르기까지 표면으로는 학자의 길을 걸어왔으나 젊은 시절부터 줄곧 그의 내면에 크낙한 공간을 만들고 거기에 시와 서예와 회화와 음악 같은 예술이 조용히 때를 기다리며 삶과 지혜의 온축을 예비해온 것은 아닐까. 그렇지 않고서야 담은이 노년에 보여주고 있는 시서화의 결실이 그토록 영롱하고 단단하게 이루어질 수는 없을 것이다.

담은의 예술적 감각은 이미 초등학교 시절 놀라운 천부적 재능을 보여준 서예의 실력에서부터 입증되고 있다. 한국전쟁을 거쳐 지금까지도 간직하고 있는 그의 어릴 적 서예 작품은 실로 놀라운 수준의 것이 아닐 수 없는데 담은은 청년시절에도 원곡原谷, 일중一中 등 당대 으뜸의 서예가들을 사사하면서 서예가로 일가를 이룰만한 솜씨를 길렀으나 그는 지금껏 그것을 세상에 알리기 위해 국전이나 서예 공모전 같은 것에 출품하는 대신 스스로 즐기며 유유자적하는 선비의 모습을 보여주고 있다. 본받기 힘든 절제, 예술가 다운 견인의 자세라 할만하다.

담은은 또한 대학 학부에서 불문학을 공부하면서 말라르메를 비롯한 프랑스 문학의 진수를 탐색하는 방식으로 그의 시적 욕망을 키워가기도 했다. 그러나 존재에 대한 근원적 탐구가 치열할 수밖에 없는 청년시대에 담은은 예술적 욕망을 뒤로하고 데카르트를 비롯한 서양철학에 몰두하게 된다. 서양의 사상과 철학을 공부하다가 항용 부딪히는 문제가 사상적 정체성에 대한 회의와 갈등일 수밖에 없는데, 담은 역시 그 출구의 하나로 유교철학을 선택하고 그 길에 매진한 바 있다. 그가 학자로서 가장 크게 성공을 거둔 것은 그가 공부한 서양사상과 동양사상을 융섭하여 윤리학의 독특한 기초를 마련한 것이 아닌가 한다. 서구 근대의 문을 연 17~8세기 프랑스 계몽주의를 중심으로 한 동서사상의 교섭사 연구가 그 결실이고 그것은 담은의 철학적 윤리학적인 평생의 큰 업적이 되었다.

담은이 은퇴하며 바로 실행한 것은 철학자로 살아오면서 유보했던 시, 서예, 수묵화, 그리고 여행과 사진이다. 그의 사진 작품은 과도한 기교와 작품 주의에 빠지지 않고 평이하고 소박한 일상과 오래된 유물들이 그 대상이어서 보기에 즐겁고 편안한 느낌을 준다. 그는 이렇게 사진으로 회화로 글씨로 시로 노년의 세계를 재구축하기 시작해서 사진작가, 문인화가, 서예가, 시인 그리고 철학교수로 자신의 영역을 조용하고 겸손하게 그러나 역

동적으로 확장해왔다. 숨기고 감추고자 했으나 그의 겸손과 그의 재능은 오히려 노년에 이르러 더 빛나고 있는 것이다.

담은의 시에는 장광설도, 마음을 불편하게 하는 사설도 보이지 않는다. 시어는 극도로 압축되어 있고 군더더기를 철저하게 배제한 언어의 응축이 거기에 있다. 독일어로 시를 Dichtung이라 하는데 이 말은 동사 dichten(압축하다, 촘촘하게 하다, 진하게 하다)에서 유래한 명사로 응축이나 압축 같은 의미를 태생적으로 갖는다. 담은의 시는 그런 시의 본성과 잘 부합한다. 그의 시는 또한 순결한 시정신과 시적 대상에 대한 온기의 언어를 기반으로 하고 있어서 존재와 사물에 대한 냉기, 혐오, 권태 같은 부정적인 느낌 대신 아름다운 들녘을 산책하며 가슴 가득 차오르는 신선한 즐거움 같은 것을 느끼게 한다. 다음과 같은 작품을 읽어보자.

과묵한 노인이
극락전 섬돌에 앉아
농담濃淡 고루 번진 추억을
차곡차곡 개고 있다.

법당 앞
추위가 걷힌 고목
겨우내 말라붙은 각질에
미세먼지 하나 묻지 않았다.

늙은 나무가 또 새봄을 지피고

촌수가 먼 잡새들이 모여

도시徒詩 한 수씩 읊어댄다.

바람 한 점 비껴간다.

—「사무사」 전문

이 작품에서 보이듯이 담은의 시편들은 대체로 맑고 순수한 이미지들로 짜여 있다. 담은의 시는 난해한 관념들을 배제하면서 "미세먼지 하나 묻지" 않은 순수한 존재 또는 사물을 의인화한다. 시의 난해함이란 시를 통해서 시 아닌 다른 관념이나 이념 또는 목적을 중의적으로 드러내고자 할 때 발생한다. 시의 형식을 빌린 이념의 복합은 방정식도 찾을 수 없는 화학적 변화를 만들어내어서 그 해석을 정말 난처하게 만드는 경우가 대부분이다. 시가 독자를 잃어가는 현대시의 운명은 그와 같은 난해성과 무관할 수 없다.

극락전 섬돌 위에 말없이 앉아 젊은 날의 사무치는 추억을 가슴속에 차곡차곡 접고 회고하는 노인, 미세먼지 하나 묻지 않은 법당 앞의 고목, 촌수가 먼 뭇새 떼와 제각각 무어라 지저귀는 뭇새의 노랫소리, 새봄을 기다리는 고목과 산사의 풍경 속에 무슨 하늘의 소식처럼 바람 한 점 비껴간다는 시적 진술에서 극도의 생략과 압축으로 이루어낸 포에틱 딕션Poetic Diction을 확인할 수 있게 한다.

담은의 시는 또한 사회적 현실적인 갈등 문제를 직접 다루지 않는다. 역사적, 정치적 문제에 대한 무관심이나 외면일까. 시인이 시를 쓴다는 시적 선택은 시인 스스로 최상의 것이라고 판단한 것을 취한다는 뜻이다. 그러므로 그의 서정시는 가령 정치나 역사의 변증법적 합목적성이나 계급투쟁 같은 것 또는 무의미의 시처럼 극단적인 언어 실험으로 일관하는 시들을 외면한 것이 아니라 배제한 것이라 할 수 있다. 왜냐하면 담은은 시의 유용성과 물적 요구를 주장하는 것들이 시에 있어서 최상의 가치라고 여기지 않았기 때문일 것이며 최상의 것이라고 여기지 않는다는 함의 속에는 그런 것들에 대한 깊은 비판이 함축되어 있는 것이라 할 수도 있다.

> "서정시의 표현이 물질적인 무게를 떨쳐버리고 현실적 실천세계의 구속 또는 유용성의 억압과 집요하게 가해 오는 자기보존의 압력으로부터 해방된 삶에 대한 표상을 제시해야 한다고 주장할 것입니다. 서정시, 처녀처럼 순결한 언어로 만들어진 서정시에 대한 이러한 요구는 그러나 그 자체가 이미 사회적입니다. 이 요구에는 개인 각자가 스스로 적대적이고 낯설고 냉혹하고 억압적인 세계로 경험하는 사회 상황에 대한 반항이 함축적으로 담겨 있습니다."

이 글은 T.W. 아도르노의 "서정시와 사회에 대한 담화"의 한 구절이다. '처녀처럼 순결한 언어로 만들어진 서정시'에 대한 이러한 사회적 요구는 적대적 현실, 낯설고 냉혹하고 억압적인 세계에 대한 반항과 무관할 수 없다. 그러나 서정시의 심미적 원리는 그 원경에 사회적 모순 또는 부조리에 대한 요구가 위치한다고 해서 모든 시적 중심이 그것에 의해 지배되는(dominant) 것은 아니다. 때로는 그 양자가 깊은 관계로, 때론 느슨한 공존관계로 때로는 전혀 판이한 영역을 차지하며 시가 만들어질 수 있다는 것이 우리가 경험해온 시의 미적 형성 원리다. 담은의 시는 시의 형식을 빌려 직접적으로 어떤 이념을 표상하고 심지어 시를 거기에 종속시키는 일은 한사코 보여주지 않는다. 그 대신 물적 유용성이나 사회적 억압 같은 것을 전경화하지 않음으로써 그것이 그의 서정시가 취할 최상의 심미적 세계도 아니며, 지속적 보편적 가치에도 이르지 못할 것이라는 암묵적 거부가 내재된 사유의 결과처럼 보이게 한다.

끝으로 담은의 명편 중 하나인 「꽃비와 목어」를 읽어보도록 하자.

안개비가 잠깐 쉬었다 간
꽃바위 절[花巖寺]

곱상한 용머리 목어가
습진 목청을 돋운다

공복에서 훑어올린 뱃심의 소리

태고적 울림

불명산 바람이 박자를 젓는다

따닥

딱

딱

우화루雨花樓

세로 결무늬에 켜켜이 밴

고적한 가락

떡갈나무 숲길에 나지막이 깔린다

화장기 없는 산사가

가을 꽃비 서너 줄금에 확 붉어졌다

— 「꽃비와 목어」 전문

이 작품은 무상한 시간 속에서 고즈넉이 세월을 견뎌온 산중 고찰의 한때를 보여주고 있다. 운무가 잠시 쉬었다 간 화암사 도량에는 법고나 운판처럼 중생의 복을 빌어주는 목어(목어는 木魚鼓, 魚鼓, 魚板이라고도 한다. 처음에는 사람들을 집합시킬 때 울리던 도구였으나 뒤에는 독경할 때 가락을 맞추는 쪽으로 진전되었고, 수중생물의 복락을 축원하는 의식이 되었다. 생선 모양이지만 보통 일신이두의 용머리 모양으로 만들어진 목판이다.)가 소리를 울리고 있다. 인간 아닌 존재의 복락을 빌어주는 이 자비의 울림은 생명을 가진 가엾은 존재들의 헤어나기 어려운 번뇌와 미망과 슬픔을 겨냥한다. 그러나 이 목어의 소리는 태고 적부터 이어져온 자연의 바람, 불명산의 바람이기도 하다. 이 고적한 가락은 목조 누각의 나무속에도 켜켜이 밴 소리이며 떡갈나무 숲길에 퍼져나가 중생들이 고통받는 세계를 향해 확장된다.

이 시의 화룡점정은 끝련이다. 안개비, 꽃바위 절, 용머리 목어의 습진 목청, 태고적 울림, 불명산 바람, 우화루 목재들의 세로결 무늬, 고적한 가락, 떡갈나무 숲길 같은 다소 침잠하는 듯한 어둡고 고색창연한 이미지들이 "화장기 없는 산사가/가을 꽃비서너 줄금에 확 붉어졌다"는 결미에 의해 갑자기 활기를 얻어 살아 움직이고, 과거가 아니라 현존하는 역동의 현실로 전환된다.

독자는 특히 류 시인이 즐겨 쓰는 시적 모순어법에 주목할 필요가 있다. '화장기 없는 산사' 같은 표현뿐만 아니라 담은의 시에 자주 보이는 '달빛 한 줌', '반백의 낮달', '수태를 해본 적 없는 수국', '과년한 동백꽃', '연분홍 수줍음' 등 아주 많은 시어와 이미지들이 반어적 역설적인 어법으로 시를 빛나게 한다. 이것은 형식주의 시에서 자주 볼 수 있는 낯설게 하기(make strange 또는 defamiliarization)의 전형적인 시적 어법이다. 이것은 일상적 상투적 어법을 철저히 배제하는 시적 기호 또는 시적 재능과 일정 부분 합치한다. 단청으로 울긋불긋 휘감은 천박한 사찰의 모습이 아니라 담백하고 고졸한 산사의 오래된 시간, 관조와 적멸의 적나라한 역사가 마치 '화장기 없는 산사'의 이미지로 재현되고 있다. 더구나 그런 산사의 형상이 가을 꽃비 서너 줄금에 확 붉어지는 시적 반전은 예사롭지 않다. 극락정토에 음악과 함께 축복처럼 흩날리는 것이 불교의 경전 속에 자주 나타나는 꽃비다. 그 꽃비가 흩날리자 화장기 없던 산사가 확 붉어진다는 것은 시인이 예토 속에서 발견한 정토의 생생한 체험이며 그 형상화라 할 수 있다.

이처럼 담은의 시는 무겁고 낡은 시적 관념에 의존하지 않고 신생의 언어와 이미지에 더 많이 치중한다. 그의 놀라운 이미지들은 오래된 이성의 폐원에 봉인되어 있던 상상력과 감수성을 복원시켜 그만의 시 세계를 구축하는 데 탄탄한 기반을 만들고 있다.

이제 담은의 시는 늦게 출발하였으나 그의 목적지는 지금, 그리고 여기가 아니라 더 멀리에 위치하는 듯하다. 그곳을 향해 더 즐겁게, 여유 있게, 막힘없이 나아가 시의 지평을 무한대로 확대하기를 진심으로 바란다.

오! 찬란한 노을이 빛나는 저 황혼의 들녘을, 벗이여 이제 우리 함께 천천히 나아가도록 하자.

다할시선 007
당신이 필요하다

2021년 3월 25일 초판 1쇄 인쇄
2021년 3월 30일 초판 1쇄 발행

지은이 류병구
펴낸이 김영애
편 집 윤수미, 김배경
디자인 최혜인
펴낸곳 SniFactory(에스앤아이팩토리)

등 록 제2013-000163(2013년 6월 3일)
주 소 서울시 강남구 삼성로 96길 6 엘지트윈텔1차 1402호
www.snifactory.com / dahal@dahal.co.kr
전화 02-517-9385 / **팩스** 02-517-9386

ISBN 979-11-89706-66-1(03800) 값 12,000원

다할미디어는 SniFactory(에스앤아이팩토리)의 출판 브랜드입니다.